윤태규 창작 동화 1

똥 선생님

국립중앙도서관 출판시도서목록(CIP)

똥 선생님 / 지은이: 윤태규 ; 그림: 장순일. – 파주 : 고인돌, 2011
p. ;   cm. – (윤태규 창작 동화 ; 1) (살아 있는 글 읽기 ; 2)

ISBN978-89-94372-28-0 74810 : ₩12000
ISBN978-89-94372-20-4(세트)

한국 동화[韓國童話]

813.8-KDC5   CIP2011004136

똥 선생님

초판1쇄 펴냄 | 2011년 9월 25일
초판4쇄 펴냄 | 2018년 7월 15일

지은이 | 윤태규
그림 | 장순일
편집 | 여연화
디자인 | 드림스타트
펴낸이 | 정낙묵
펴낸 곳 | 도서출판 고인돌
주소 | 경기도 파주시 교하읍 문발리 617-12 1층 우편번호 413-832
전화 | (031) 943-2152
전송 | (031) 943-2153
손전화 | 010-2261-2654
전자우편 | goindol08@hanmail.net
인쇄 | 갑우문화사
출판등록 | 제 406-2008-000009호

값 12,000원
ISBN978-89-94372-28-0 74810
ISBN978-89-94372-20-4(세트)

살아 있는 글읽기 **2**

윤태규 창작 동화 1

똥 선생님

윤태규 지음 | 장순일 그림

고인돌

차례

1 정규의 똥싼 일기

정규는 생각할수록 화가 납니다. 도저히 선생님을 이해할 수가 없습니다.

"김지홍 1등!"

"석진수 2등!"

"정정규 3등!"

분명히 선생님이 정규를 3등이라고 했습니다. 그런데 금방 그 판정을 뒤집어버리고 말았습니다.

"아니구나, 정정규가 아니라 이민기 배가 결승선에 먼저 들어왔기 때문에 민기가 3등이다."

글쎄 이러는 게 아닙니까?

'아니 나를 3등이라고 할 때는 민기 배를 보지 못했다는 말인가? 그때는 눈을 감고 있었다는 말인가? 그러지 않다면 어찌하여 없던 민기 배가 갑자기 나타날 수가 있나? 민기 배가 요술이라도 부렸다는 말인가?'

정규는 생각할수록 분하고 억울했습니다.

"정규야, 미안하다. 선생님이 잠시 착각을 했다. 아슬아슬하게 아주 작은 차이로 민기 배가 먼저 들어왔단다."

선생님이 정규를 보고 이렇게 말했습니다.

정규는 알았다는 듯이 고개를 끄덕이기는 했지만 진짜 속마음은 그게 아니었습니다.

'선생님은 거짓말쟁이입니다. 똥을 누고 오면 몸도 마음도 상쾌하고 가벼워서 공부도 운동도 잘 된다고 분명히 말했잖아요. 그런데 왜 똥을 누고 온 저보다 안 누고 온 민기가 나를 제치고 결승선에 먼저 들어갈

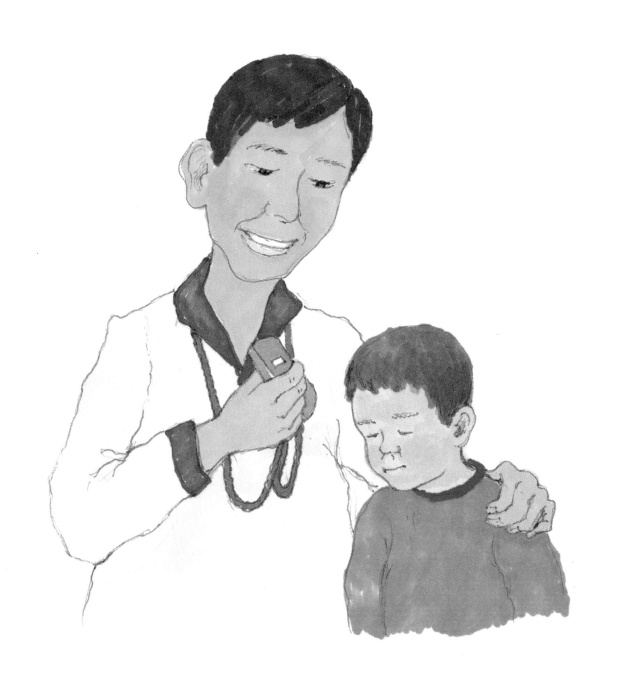

수가 있다는 말입니까? 그것도 발도 머리도 아닌 똥배가 먼저 들어올 수가 있습니까? 이건 말도 안 됩니다.'

이렇게 따지고 또 따지고 했습니다. 속으로 말입니다.

즐거운 생활 시간이 하나도 즐겁지 않았습니다. 운동회날도 아니고 즐거운 생활 시간에 한 달리기를 두고 왜 그렇게 등수에 매달리느냐고 흉을 볼 사람도 있을지 모르겠지만 나는 그게 아닙니다.

민기는 나와 달리기 실력이 비슷합니다. 어떨 때는 내가 이기고 어떨 때는 민기가 이기고 그럽니다. 그런데 오늘은 정말 자신이 있었습니다. 출발선에서 차례를 기다리면서 민기가 먼저 이렇게 말했기 때문입니다.

"나는 오늘 아침에 깜빡 잊고 똥을 안 누고 왔어. 그래서 자신이 없어."

민기가 걱정스럽게 한 말입니다.

"나도 늦잠을 자서 밥도 안 먹고 똥도 안 누고 왔어."

내보다는 확실히 더 잘 달리는 석진수가 민기의 말을 받아 이렇게 말했습니다. 아침에 똥을 누지 않고 학교에 오면 몸도 마음도 가볍지 못해서 공부도 운동도 잘 안 된다는 선생님의 말씀이 떠올랐던 모양입니다.

"정규야, 너는 똥을 누고 왔니?"

"응, 똥을 누기는 했지만 걸음이 원체 늦어서……."

이렇게 끝말을 흐렸지만 속으로는 '앗싸!' 이러면서 몰래 두 주먹을 불끈 쥐었습니다. 민기는 물론이고 잘하면 석진수까지 앞지를 수 있는 좋은 기회입니다. 2등, 한 번도 해보지 못한 등수입니다. 그렇게 생각하니 가슴이 두근두근했습니다. 기쁨이 온 몸으로 가득 채워지는 듯했습니다. 아침에 똥 누기를 싫어하는 형에게 그 보라는 듯이 자랑할 생각을 하니 기분이 정말 좋았습니다. 그런데 도대체 이게 뭡니까? 2등은커녕 3등마저 내주고 말았지 않습니까?

'새빨간 거짓말이야. 똥을 누면 몸이 가벼워져서 운동도 잘할 수 있다는 게 말이야. 정신이 맑아져서 공부도 잘 된다는 것도 거짓이 분명해. 그 바쁜 아침에 똥 누느라 괜히 수고를 할 필요가 없어. 다시는 아침에 똥 누기를 하나 봐라.'

화를 내거나 짜증을 부리면 공부 호르몬이 나오지 않아서 공부를 잘하지 못하게 된다는 어머니 말씀이 떠올랐습니다. 그래서 억지로 웃으

려고 해봤습니다. 그렇지만 선생님이 미워지고 똥 누기에 속았다는 생각을 도저히 지울 수가 없었습니다.

일기를 쓰려고 일기장을 폈습니다. 무엇을 쓸까 망설일 필요가 없었습니다. 연필을 쥐기가 무섭게 달리기 이야기를 써 나갔습니다. 화나고 억울한 이야기를 쉬지 않고 써 나갔습니다. 다시는 아침에 똥을 누지 않겠다는 다짐으로 일기를 마무리 했습니다. 일기를 그렇게 써놓고 나니 마음이 조금 후련해지는 듯했습니다.

다음 날 아침 정규는 일어나자마자 버릇처럼 화장실로 가다말고 제자리에 우뚝 멈췄습니다.

'아침에 똥 누지 않기로 했지. 똥 누

나 봐라.'

똥이 잠깐 동안 마려웠지만 그때만 참으니까 괜찮았습니다. 첫째 시간에 똥이 조금 마려웠습니다. 역시 참으니까 금방 괜찮아졌습니다. 그래도 조금은 불안했습니다. 둘째 시간 때 역시 똥이 조금 마려웠습니다. 또 참았습니다. 쉬는 시간에 똥을 눌 생각을 했습니다. 그렇지만 쉬는 시간에는 똥이 마렵지 않아서 그냥 놀기만 했습니다.

셋째 시간이 되었습니다. 중간쯤 지났을까요? 똥이 마렵기 시작했습니다. 이때까지보다 더 많이 마려웠습니다. 참았습니다. 쉬는 시간에는 꼭 가야지 하고 마음먹었습니다. 화장실에 화장지가 있는지 걱정이 되었습니다. 그런데 똥이 많이 마렵기 시작했습니다. 쉬는 시간까지 참을 수 있을지 걱정이 되었습니다. 선생님을 쳐다보았습니다. 선생님은 정규의 이런 마음을 아는지 모르는지 조금 전에 시작한 옛날이야기를 하느라 정신이 없었습니다. 아이들 역시 옛날이야기를 듣느라고 정신이 없기는 마찬가지입니다.

'조금만 참자.'

이러면서 복도 쪽 벽에 걸려 있는 시계를 쳐다보았습니다. 그러나 큰 바늘이 어디까지 가야 셋째 시간을 마치는지는 몰랐습니다. 똥구멍에 힘을 줬다 풀었다를 되풀이했습니다. 이마에 땀이 나고 연필을 쥐고 있는 손에도 땀이 나는 듯했습니다. 두 발을 들었다 놨다 하면서 억지로 참아

보았습니다. 그래도 별 효과가 없었습니다.

'안 되겠다. 화장실에 가야겠다.'

이렇게 생각하고 일어서려다말고 갑작스럽게 이런 생각이 떠올랐습니다.

'똥이 마려워서가 아니라 방귀가 나오려고 하는 것인지 몰라.'

정규는 공부 시간에 방귀를 참느라고 고생을 해 본 적이 여러 번 있었습니다. 방귀를 참으면 고맙게도 뱃속에서 꾸르륵 소리를 한 번 내고는 없어질 때가 많았습니다. 어쩌다가 참지 못하고 소리 없는 도둑방귀라도 뀌는 날에는 둘레에 있는 동무들이 똥 구린내 난다고 난리를 피웁니다. 그래서 정규는 어지간하면 힘들더라도 뱃속에서 스스로 없어질 때까지 참아냅니다. 그러나 오늘은 다릅니다. 참는 것이 너무 힘들었습니다.

'방귀를 뀌어버릴까?'

정규는 둘레를 살펴보았습니다. 아이들 모두는 턱을 괴고 옛날이야기를 듣느라고 정신이 없었습니다.

'그래 어쩔 수 없다. 모두들 미안하지만.'

정규는 똥구멍에 힘을 주고 있던 것을 조심스럽게 풀어보았습니다.

'제발 소리만 나지 마라.'

그런데 세상에! 이게 뭡니까?

'어어?'

느낌이 이상했습니다. 방귀가 아니었습니다. 무엇인가 커다란 게 빠져 나오는 느낌이 온 몸으로 전해 왔습니다. 물컹했습니다. 당황한 정규는 얼른 똥구멍에 힘을 주고 막으려고 했지만 소용이 없었습니다. 참고 참고 또 참다가 밖으로 뛰쳐나오는 그놈은 옳거니 하면서 술술 빠져 나와서 걸상 다리로 타고 줄줄 흘러내렸습니다. 하얗던 정규 양말이 노랗게 바뀌었습니다.

"선생님 똥 구린내 나요."

아이들이 코를 킁킁거리면서 여기서도 저기서도 난리입니다.

"어디서 화장실 푸는 모양이군."

선생님이 이렇게 말하면서 열어놓았던 창문을 닫았습니다.

"선생님 그래도 똥 구린내가 많이 나요."

정규 짝인 은서가 코를 틀어잡고 코맹맹이 소리로 말했습니다.

정규는 창피했습니다. 울고 싶었습니다. 쥐구멍이라도 있으면 얼른 숨고만 싶었습니다. 아이들이 똥싸개라고 놀릴 게 뻔합니다. 똥을 참는 일보다 똥 싼 것을 들키지 않으려고 조바심하는 게 더 힘들었습니다.

　　선생님이 하던 이야기를 뚝 그치고
정규 자리로 왔습니다. 드디어 모든
것이 끝나는 순간입니다. 이제 곧 똥
싼 것이 공개가 되는 순간입니다. 정
규는 고개를 푹 숙이고 선생님 눈길
을 피했습니다. 아예 눈을 감아버렸습
니다.

　　"하하하, 정규가 똥을 쌌네. 이 자식이 많이도
쌌다. 어허, 내 이야기가 그렇게 재미가 있었어. 똥 누러 가는
것도 잊어버릴 정도로 말이야."

　　아이들 눈길이 전부 맨 앞자리에 앉은 정규에게로 갔습니다. 정규는
그만 훌쩍훌쩍 울어버렸습니다.

　　"이 자식아, 울기는? 내가 왜 웃었는지 알아? 내 어릴 때 생각이 나서
지. 나도 어릴 때 이런 실수를 한 적이 있었어. 내가 아침마다 똥 누기를
하자고 강조하는 것도 그때 실수한 경험도 한 몫을 하고 있지. 급하면

말이야, 아이가 아니라 어른도 똥을 싸지. 급한데 어쩌겠니? 안 그래?
하하하."

선생님은 정말 아무렇지도 않다는 듯이 몇 번이고 크게 웃음을 터뜨
렸습니다. 그것도 아주 유쾌하게 말입니다.

"정규야, 선생님들이 쓰는 화장실에 가서 우선 씻어라, 문 잠가 줄 테
니까 말이야."

이렇게 말씀하신 선생님은 손전화로
정규 부모님에게 속옷을 준비해
오라고 하고는 고무장갑을
끼고 뒤처리를 했습니다.
지현이와 은서가 선생님을
도와주었습니다. 선생님은
정규 자리를 정리하면서
텔레비전에 나오는 예쁜
탤런트 누구는 고등학교에

다닐 때도 오줌을 쌌다는 이야기도 해 주었습니다. 그러면서 자꾸만 크게 하하하 웃었습니다. 정규네 반 아이들 모두는 아무런 일이 없었던 것처럼 금방 정상으로 돌아오게 되었습니다.

한편 화장실에서 혼자서 뒤처리를 하면서도 정규는 하하하 큰소리로 웃으시던 선생님의 웃음소리가 자꾸만 들리는 듯했습니다. 왠지 그 웃음소리가 정규의 마음을 편안하게 해주었습니다. 놀리는 웃음이 아님이 분명했습니다. 같잖아서 웃는 웃음도 아니었습니다.

'맞아! 그래! 그거야! 선생님이 그랬지. 실수한 일, 잘못한 일, 창피한 일들도 좋은 일깃감이 된다고 말이야.'

다리와 발에 묻은 똥을 씻다 말고 정규는 손뼉을 쳤습니다.

"정규야 문 열어라 선생님이다."

교실에서 뒤처리를 마친 선생님이 정규 아버지와 함께 화장실로 들어왔습니다.

"선생님! 그런데요. 좋은 생각이 있어요."

정규가 선생님을 빤히 쳐다보면서 다짜고짜 이렇게 말했습니다. 벌거

벗은 채로 말입니다.

"무슨 좋은 생각?"

선생님이 멈칫하면서 정규를 내려다봤습니다.

"이걸로 일기 쓰면 되지요?"

정규가 손뼉을 치면서 이렇게 말했습니다.

선생님은 잠시 멈칫하더니 금방 맞장구로 손뼉을 쳤습니다.

"일깃감? 그거 아주 좋은 생각이다. 좋고 말고 아주 좋은 일깃감이지. 나도 미처 생각 못했는데. 역시 우리 정규는 생각 박사란 말이야."

속옷을 들고 뒤따라오던 정규 아버지는 고개를 갸우뚱하면서 정규와 선생님을 번갈아 보기만 했습니다. 도저히 똥 싼 아이와 그것을 지켜보는 선생님의 대화 같지가 않아서 그렇습니다.

"선생님 죄송합니다. 이제는 일부러 아침에 똥 안 누는 일은 안 하겠습니다. 또 달리기 3등 못한 거 이제는 괜찮습니다."

정규가 선생님을 쳐다보면서 한 말입니다.

선생님은 대답 대신 그냥 빙그레 웃기만 했습니다.

"그런데 선생님, 선생님은 몇 학년 때 실수를 하셨어요?"

선생님은 대답 대신 손가락 두 개를 펴서 보여주었습니다.

"정말요?"

"정말이지 않고. 정규는 1학년 때 쌌으니까 2학년 때 싼 나한테 대면 아무것도 아니지."

그날 정규는 책상 앞에 앉아서 똥 싼 이야기를 길게 아주 길게 썼습니

다. 선생님이 2학년 때 똥 쌌다는 것도 썼습니다. 길게 일기를 쓰느라 연필을 너무 오래 잡아 손아귀가 아프고 팔이 아파서 손 운동과 팔 운동을 하면서 썼습니다. 손을 헐레헐레 흔들어가며 썼습니다. 팔을 빙빙 돌리고 또 썼습니다.

그 뒷날 정규의 일기를 본 선생님은 이렇게 말씀하셨습니다.

"똥 싼 이야기를 이렇게 재미있게 쓴 글은 정말이지 처음인 걸."

ㄹ똥선생님

　아무리 그래도 그렇지 첫날부터 어찌 그런 더러운 말을 하는지 모르 겠어요. 무슨 이야기냐고요? 우리 담임선생님 이야기입니다. 우리 선생 님은 올해 우리 학교로 새로 오셨습니다. 우리 학교에는 올해 새로 오신 선생님이 모두 여섯 분입니다. 네 분은 여자 선생님이고 두 분이 남자 선생님입니다.

　3월 2일 입학식이 바로 끝나고 모두가 운동장에 모였습니다.

　"우리 달봉 어린이 여러분 안녕하세요? 오늘부터 여러분은 모두가 한 학년씩 올라가게 되었습니다. 모두들 축하합니다. 그리고 아주 기쁜 소 식 알립니다. 우리 학교에 훌륭하신 선생님 여섯 분이 새로 오셨습니다.

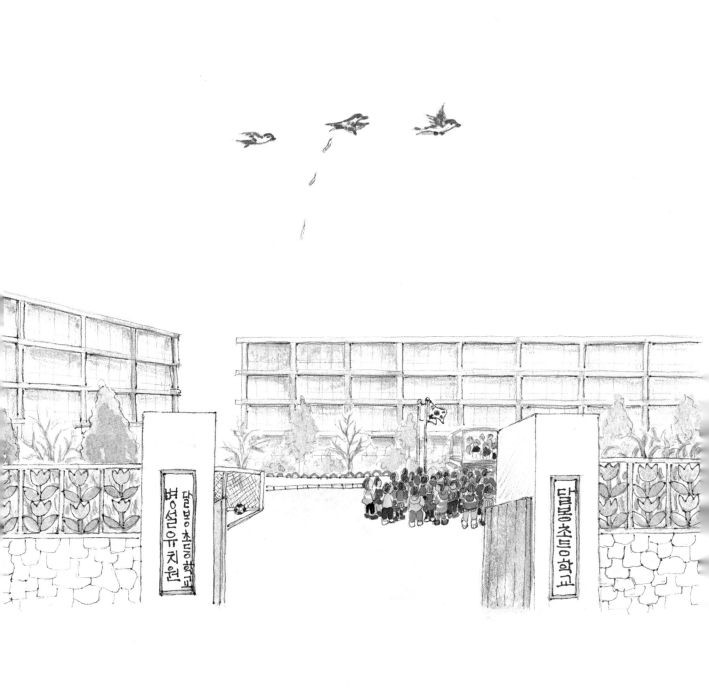

새로 오신 여섯 선생님 인사말씀을 듣겠습니다."

교장 선생님 말씀이 끝나자 곧바로 새로 오신 선생님들이 차례로 조
례대로 올라와서 첫인사를 했습니다. 다섯 분이 차례로 인사말을 마쳤
습니다. 열심히 공부 잘하자는 그런 말씀을 했습니다. 모두가 비슷비슷
했습니다. 마지막으로 키가 작은 남자 선생님이 인사말을 하러 조례대
로 올라갔습니다.

'역시 그렇고 그런 말을 하겠지.'

나는 그냥 그렇게 쉽게 생각해버렸습니다.

"여러분, 반갑습니다. 이번에 새로 온 하영준입니다. 앞으로 재미있게 학교생활을 합시다. 오늘 첫날 여러분에게 한 가지 중요한 부탁을 하겠습니다. 그것은 다른 것이 아니라 아침마다 똥을 누고 학교에 오라는 부탁입니다. 알겠지요? 다시 한 번 말씀드립니다. 아침마다 꼭 똥을 누고 옵시다."

여기서도 저기서도 킥킥킥, 쿡쿡쿡 웃음 참는 소리가 들렸습니다. 그러더니 낄낄낄, 하하하, 호호호 운동장은 그만 웃음바다가 되고 말았습니다. 앞에 서 계시는 선생님들이 웃음을 참느라고 애를 먹는 모습이 그대로 보였습니다. 여자 교감 선생님은 웃음을 참느라고 얼굴이 빨개지기까지 했습니다.

새로 오신 선생님들의 첫인사가 끝난 다음 교장 선생님이 다시 조례대에 올라섰습니다.

"다음에는 담임 소개가 있겠습니다".

1학년 1반부터 담임 소개가 차례로 이어졌습니다.

"2학년 3반 새로 오신 하영준 선생님입니다."

"뭐? 똥 선생님이 우리 선생님이라고?"

내 옆에 있던 혜림이가 이렇게 작은 소리로 말했습니다. 그 소리를 들은 둘레의 몇몇 아이들이 소리 죽여 웃었습니다.

"똥 선생님이지만 마음은 좋아 보이지 않니?"

내 뒤에 서 있던 훈이도 '똥 선생님' 이라는 말을 했습니다

"우리 엄마는 남자 선생님이면 좋겠다고 했어. '똥 선생님' 이지만 남자라서 나는 좋다."

남자 선생님이라서 좋다고 말하는 명이도 '똥 선생님'이라고 했습니다.

우리 선생님은 교실에 첫발을 들여놓기도 전에 그만 '똥 선생님' 이라는 별명을 얻고 말았습니다.

정말 똥 선생님은 똥 선생님이었습니다. 교실에 들어서기가 무섭게 또 똥 이야기를 꺼냈습니다.

"여러분은 모두들 장차 이 나라의 기둥이 되고 싶지요? 그러나 어떻게 하면 이 나라 기둥이 되는지 잘 모르겠지요? 내가 그 방법을 아주 간

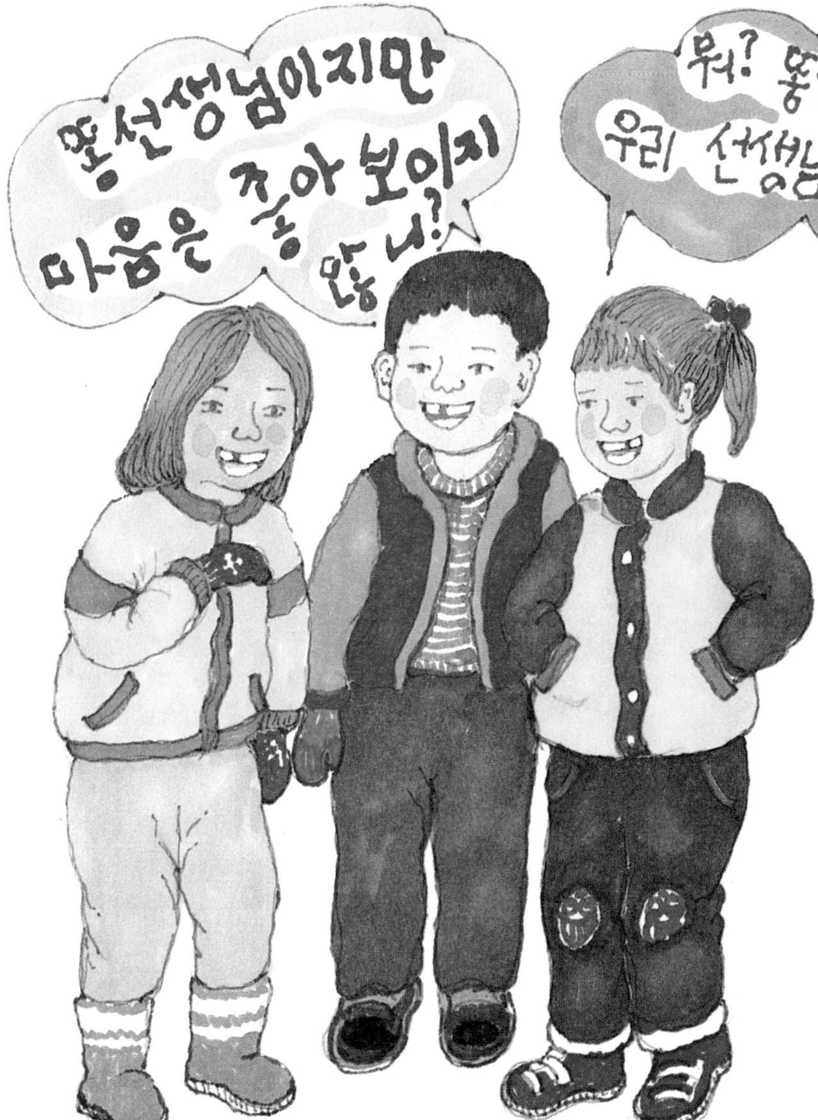
똥선생님이지만 마음은 좋아 보이지 않니?
뭐? 똥선생님이 우리 선생님이라고?

단하게 알려주겠어요. 그건 바로 아침마다……."

선생님이 '아침마다'에 힘을 준 다음 뒷말을 하려고 할 때 우리 반 아이들이 약속이나 한 듯이

"똥을 누세요."

하고 큰 소리로 말했습니다.

"아니, 어떻게 그 어려운 것을 알고 있지요?"

선생님이 웃으면서 두 눈을 둥그렇게 키웠습니다.

여기서도 저기서도 웃음보가 터졌습니다.

"맞습니다. 똥 누기입니다. 아침마다 똥을 누세요. 똥은 몸 밖으로 내버릴 찌꺼기입니다. 이 나라 기둥이 될 사람이 이 나라 기둥이 되기 위해 공부를 하러 학교에 오는데 뱃속에 찌꺼기를 넣어 와서야 안 되지요. 깨끗하게 찌꺼기를 비우세요. 그리고 그 빈 뱃속에는 어머니가 해주신 아침밥을 천천히 꼭꼭 씹어 채우고 씩씩하게 교문으로 들어와 보세요. 어머니가 해 주신 밥에는 영양가만 있는 게 아

니고 우리 아들딸 잘 되라는 간절한 바람과 정성과 기가 함께 들어 있습니다. 하루 이틀만이 아니라 날마다 그렇게 해보세요. 여러분은 틀림없이 이 나라의 기둥이 됩니다. 몸도 마음도 튼튼하게 자라는 데 이 나라의 기둥이 되지 않는다면 그게 이상한 일입니다."

아무리 선생님이 열심히 설명을 했지만 우리는 한 귀로 흘려들었습니다.

"우리 선생님 정말 똥 도사다 그치 채은아?"

집으로 가면서 명이가 나를 쳐다보면서 이렇게 말했습니다.

"똥은 마려울 때 누는 거지 어떻게 바쁜 아침에 억지로 누노. 안 그래?"

"우웩! 똥 똥 그러지마. 정말 똥 냄새가 나는 것 같다니까."

그날 집으로 가면서 우리들은 그냥 재미로 선생님이 하신 똥 이야기를 입에 올렸을 뿐 누구 하나 그렇게 하겠다는 생각을 가진 아이는 없는 듯했습니다. 나도 물론 그랬습니다.

그 뒷날 아침입니다. 아무리 똥 선생님이지만 아침부터 똥 이야기로

하루를 시작할 줄은 정말 몰랐습니다.

"오늘 아침에 똥 누고 온 사람 손들어 보세요."

이렇게 말하고 우리 반을 휘이익 둘러보시던 선생님 얼굴이 어두워지기 시작했습니다. 아이들은 옆으로 뒤로 살짝 고개를 돌려 살펴봅니다. 뒤에 앉은 아이는 앞으로 옆으로 쭉 훑어봅니다. 우리 반 32명 가운데 겨우 두 사람이 손을 살며시 들었을 뿐입니다.

"이럴 수가! 어제 그만큼 이야기를 했는데……. 좋아요. 버릇이란 하루아침에 고쳐지는 게 아니니까."

선생님은 찡그렸던 얼굴을 다시 폈습니다. 나는 선생님에게 조금 미안한 마음이 들었습니다.

"아침밥 든든하게 먹고 온 사람?"

나는 손을 번쩍 들었습니다. 아주 자랑스럽게 들었습니다. 옆 짝도 손을 번쩍 들었습니다. 뒤를 돌아보았습니다. 손을 번쩍 든 아이들이 대부분입니다. 선생님에게 미안한 마음이 조금은 가시는 듯했습니다.

"좋아요. 아침 안 먹고 온 사람이 한 사람도 없군요. 아주 잘했어요. 지난 학교에 있을 때는 아침 안 먹고 오는 사람이 2, 3명은 꼭 있었어요."

선생님에게 미안해서 거짓으로 손을 든 아이가 두 사람 있었는데 선생님은 그걸 까마득히 모르는 듯했습니다.

그날 마칠 때는 어떻게 했는지 아세요? 알림장을 쓸 때 또 똥이라는 말이 나왔습니다. 알림장 1번이 바로 '똥 누고 학교에 올 것'이었습니다. 알림장 1번에만 쓰고 말았으면 말도 안 합니다. 똥에 대한 연설을

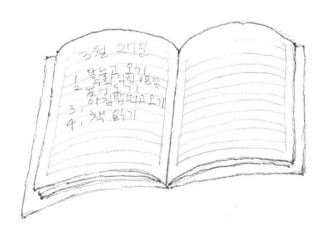

10분은 했지 싶습니다.

"사람이 살아가는데 가장 중요한 것이 먹고, 자고, 누는 겁니다. 우리가 언제 먹나요? 배가 고프면 언제나 어디서라도 마구 먹나요? 그렇지 않지요. 그러면 사람이 아닙니다. 아침, 점심, 저녁 먹는 시간이 따로 있잖아요. 잠은 언제 자나요? 자고 싶을 때 아무 때나 자나요? 그러지 않지요. 공부 시간에는 잠이 와도 참고 참잖아요. 다시 말하면 잠잘 시간이 따로 있다는 말입니다. 똥도 마찬가지입니다. 똥이 마렵다고 해서 언제 어디서라도 눌 수 없습니다. 그러니까 아침마다 똥 누는 버릇을 들여 보세요. 똥이 마렵지 않더라도 변기에 앉기라도 해 보세요. 알겠지요?"

선생님은 약속이라도 하려는 듯이 '알겠지요?'에 힘을 주어 말했습니다.

아무리 똥 누기가 중요하다고 해도 똥으로 시작해서 똥으로 하루를 마무리한 건 솔직히 너무 했다는 생각이 들었습니다

그러나 이게 한 번뿐이면 또 말도 안합니다. 우리 똥 선생님의 똥 누기 교육은 비가 오나, 눈이 오나, 바람이 부나, 추우나, 더우나 쉬는 날

이 없었습니다. 알림장 1번뿐만 아니라 가끔은 가정통신문으로도 나오고 우리 학급 홈페이지에도 쉴 새 없이 실렸습니다. 오죽 했으면 학부모 항의까지 다 받았을까요?

우리들 공부하는 모습을 공개하는 날이었습니다. 우리 반 어머니들이 20명도 더 왔습니다. 공개 수업을 마치고 우리 선생님이 어머니들과 만났습니다. 당연히 선생님 똥 누기 연설이 있었습니다. 그런데 한 학부모가 이런 이야기를 했답니다.

"선생님 똥 누기 교육이 정말 중요하다는 걸 잘 알았습니다. 그렇지만 알림장에 똥이라고 쓰지 않으면 안 될까요? 왜냐하면 알림장은 식탁에서 밥 먹다가도 보거든요. 밥 먹다가 똥 이야기를 읽으면 좀……."

그 말에 까르르 웃음보가 터지고 선생님 얼굴이 빨개지기까지 했답니다. 사실 항의라고까지 말할 것도 못 되는 장난기가 섞인 질문이었지요.

여기에서 우리 똥 선생님이 어찌했겠어요. 이 정도에서 '예' 하고 물러설 똥 선생님이 아니지요. 선생님 연설은 더 길어졌다나 어쨌다나요.

이렇게 저렇게 1년이 훌쩍 지나갑니다.

어제는 우리 선생님이 뭐라고 말했는지 아세요?

"애들아, 밥은 여럿이 먹으면 맛있니? 혼자서 먹으면 맛있니?"

이러더라고요

"그거야, 여럿이 먹으면 더 맛있지요?"

우리들은 아주 쉽게 정답을 말했습니다.

"그렇지, 여럿이 먹으면 좋겠지. 그런데 똥은 여럿이 누면 좋겠니? 혼자서 누면 좋겠니?"

글쎄 이러는 것이 아니겠어요.

선생님은 우리 대답도 듣기 전에 설명을 해 주었습니다.

"밥은 여럿이 먹으면 즐겁지만 똥은 혼자 눠야 즐겁고 행복합니다. 그러니까 여럿이 들락거리는 학교나 공동화장실보다는 집에서 아침에 똥을 누고 하루를 시작하는 게 좋다 이 말입니다."

"밥은 자기 집에서 먹는 게 좋을까 식당에 가서 사 먹는 게 좋을까?"
또 이렇게 물었어요.

우리들 대부분은 식당에 가서 사 먹는 게 더 좋다고 했습니다. 똥 선생님은 또 똥과 견주어 이야기를 했습니다.

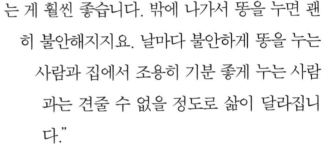

"그래요. 밥은 나가서 먹는 것이 좋지만, 똥은 자기 집에서 조용히 누는 게 훨씬 좋습니다. 밖에 나가서 똥을 누면 괜히 불안해지지요. 날마다 불안하게 똥을 누는 사람과 집에서 조용히 기분 좋게 누는 사람과는 견줄 수 없을 정도로 삶이 달라집니다."

우리 선생님은 이젠 정말 똥 선생님이라는 별명을 뗄 수 없지 싶습니다. 밥과 똥을 요렇게 견주어 말했으니까 말입니다.

지금은 우리 반 아이들이 어떻게 되었느냐고요? 당연히 아침마다 똥 누는 버릇을 들인 아이들이 많아졌지요. 우리 어머니는 뭐라는지 아세요?

"너거 똥 선생님 말이다. 정말 훌륭하신 분이다. 아이들만 가르치는 게
아니라 어른들까지 가르쳐 주니까 말이다. 나는 아침마다 똥 누는 버릇

을 들인 뒤로는 하루 생활이 얼마나 즐거운지 모른단다. 어디 그뿐이니? 엄마 친구들에게는 내가 똥 선생님이 되었단다. 모두들 고마워하지."

글쎄 이러면서 입에 침이 마르도록 우리 선생님을 치켜세우기까지 했습니다.

"좋긴 뭐가 좋아. 달리기도 못하는데."

나도 사실 우리 선생님이 좋긴 하지만 어머니가 너무 치켜세우니까 괜히 심술이 슬슬 날 때도 있어서 이렇게 심통을 부리기도 한답니다. 운동회 때 보니까 우리 선생님 진짜 달리기를 못하데요.

그런데 말입니다. 참 이상합니다. 요즘 들어서 아침마다 똥을 누고 아침밥을 먹을 때는 그 밥에 어머니 정성이 보이고 기가 섞여 있는 것 같다니까요. 그래서 천천히 꼭꼭 씹어 배불리 먹게 되더라고요.

어디 그것뿐인지 아세요? 나도 모르게 정말 나도 모르게 내가 똥 선생님이 되어 버렸어요. 서울에 있는 사촌동생이고, 시골에 사는 외사촌이고 간에 글쎄 누구라도 만나면 아침 똥 누기에 대해서 연설을 한다니까요. 어머니가 그러는데 내가 우리 선생님보다 더하면 더했지 덜 하지는 않다고 놀림 반으로 말씀 하대요. 그래서 똥 선생 할배라나요? 세상에!

우리 아버지가 그러는데 학교에 가는 내 발걸음이 요즘 들어 아주 씩씩해졌대요.

내가 진짜 이 나라 기둥이 되어 가는 것 같아요. 정말입니다.

3 똥 누고 가는 집

도시 변두리 마을입니다. 달래초등학교에서 나와 시장 쪽으로 조금 가다보면 큰 길 옆에 자그마한 집이 있습니다. 그 집 대문에 참 이상한 간판이 하나 있습니다.

　'똥 누고 가는 집'

　파란 대문 기둥에 보일 듯 말 듯 붙어 있습니다. 작은 나무판자에 먹물로 써놓아서 자세히 보지 않으면 찾지 못할 정도입니다.

　'똥 누고 가는 집' 도대체 그게 뭘까요?

　서호가 1학년에 입학한 지 한 달이 조금 넘은 어느 날이었습니다.

　집으로 가는 길입니다. 어쩌다가 학교에서 혼자 나섰습니다. 학교를

나설 때는 아무렇지도 않던 배가 어째 조금 이상했습니다. 살살 아파오
면서 똥이 마려웠습니다. 집까지 참을 수 있을 것 같기도 했습니다. 똥
꼬에 온 정신을 집중시켜서 걸었습니다. 빨리 또는 천천히 조절을 해가
면서 걸었습니다. 그런데 배가 점점 더 아파왔습니다. 금방이라도 똥이

나올 것만 같았습니다. 참기 힘들었습니다. 걸을 수가
없었습니다. 몇 발자국 걷다가 멈춰 서서 똥꼬에 힘을
주곤 했지만 그것도 더 이상 통하지 않았습니다. 둘
레를 살펴보았습니다. 사람들은 보이지 않았지만
똥을 눌 마땅한 곳은 없었습니다. 정말 큰일 났습니
다. 더 이상 참을 수가 없었습니다. 마침내 서호는
길옆에 있는 집 대문을 박차고 안으로 들어갔습니
다. 다행히 대문은 잠겨 있지 않았습니다. 평상에 앉
아서 감자를 깎고 있던 할아버지와 할머니가 깜짝
놀라 벌떡 일어났습니다.
　　"저 똥 똥, 똥이……."

서호는 똥꼬에 손을 대고 발을 동동 굴렸습니다.

"뭐 뭐, 뭐라. 똥이라고. 이리 오너라."

할아버지가 마당 구석에 있는 작은 집 문을 얼른 열어주었습니다.

"휴우 살았다."

화장실에 앉은 서호는 그제야 제정신이 돌아왔습니다. 얼굴에서 땀이 뚝뚝 떨어졌습니다.

"짜아식이 어지간히도 급했던 모양이제? 허허허."

"그러게 말이에요. 나는 깜짝 놀랐어요. 호호호."

"짜아식이 빤스에 실례를 안 했는지 모르겠네."

"그나저나 우리 화장실을 무서워하지 않는지 모르겠네요."

밖에서 할아버지와 할머니의 이야기 소리가 들렸습니다.

'부끄러워서 어떻게 나가지?'

시원하게 볼일을 다 보고 나니 밖으로 나갈 게 걱정되었습니다.

"어어?"

그런데 문제가 생겼습니다. 일어서려고 하는데 속옷에 똥이 묻어 있는 게 아니겠어요? 그것도 많이. 진짜 부끄러운 일입니다. 큰일이 났습니다. 이러지도 못하고 저러지도 못하고 그냥 엉거주춤 앉아 있을 수밖에요.

"야가 왜 안 나오노? 한 번 살짝 가보소."

할머니가 걱정이 되는 모양입니다.

"그래 말이야. 아무래도 실례를 한 것 같아."

할아버지가 살금살금 화장실 쪽으로 갔습니다.

"호호호흑 호호호흑"

역시 그랬습니다. 서호의 훌쩍이는 소리를
듣고 할아버지는 대번에 알아냈습니다.

"야야, 괜찮다. 빤스 벗어 이리다고. 할미
가 빨아줄 거다. 바지만 입고 얼른 나오너
라."

할아버지가 문을 두들기면서 이렇게
말했습니다. 그러면서 할머니를 향해
눈을 찡긋했습니다.

서호는 얼른 나올 수가 없었습니
다. 문틈으로 내다보니 할머니도

화장실 쪽으로 오고 있었습니다. 이제 정말 어쩔 도리가 없습니다. 할아버지가 시키는 대로 할 수밖에 없었습니다.

"햇살이 좋아서 금방 마를 거다. 그 새 여기서 숙제나 해라."

할머니가 서호 속옷을 씻으러 집 안으로 들어가면서 이렇게 말했습니다.

"숙제 없어요."

서호가 모기소리로 대답을 했습니다.

"머슴아가 부끄럽긴 뭐가 부끄럽다고 그러노? 어릴 때 똥오줌 한두 번 안 싸 본 사람이 어딨다노? 다 그러면서 크는 거제."

고개를 푹 숙이고 있는 서호를 힐끔힐끔 보면서 할아버지가 말했습니다.

그런데 평상 바닥만 내려 보고 있던 서호 고개가 차츰차츰 올라옵니다. 어릴 때 누구나 똥오줌 한두 번은 싸면서 큰다는 말에 부끄러운 마음이 살짝 가셨기 때문입니다.

서호 옷을 탁탁 털어 빨랫줄에 널면서 할머니도 이렇게 말했습니다.

"손자 진이란 놈은 3학년 때인강 4학년 때인강 똥을 쌌잖녀 글쎄. 그 래도 그놈 공부도 잘하고 똑똑하기만 하더라."

서호 고개가 이젠 완전히 정상이 되었습니다. 먹으라고 내놓은 감자 함지박에 손이 슬쩍 갔습니다. 조금 전까지만 해도 배부르다고 거들떠 도 보지 않던 감자입니다.

"할아버지 이 감자 되게 맛있네요. 이 감자 할아버지가 농사지은 거예 요?"

한술 더 떠서 묻기까지 하네요.

"그려. 우리 할미와 내가 농사지은 거여."

평상에 걸터앉아 있던 서호가 이젠 평상 안쪽으로 가서 넙죽 엎드리기까지 했습니다. 엎드려서 열린 현관문을 통해 거실 쪽을 보더니

"할아버지, 저기 가서 책 좀 봐도 돼요?"

이렇게 묻는 게 아니겠어요.

"그려, 그려. 가서 마음대로 골라 와."

책 좋아하는 서호입니다. 단숨에 거실로 달려간 서호는 입이 떡 벌어지고 말았습니다. 책이 한두 권 있는 게 아닙니다. 수십 권도 아닙니다. 이건 완전히 도서관입니다. 방으로 들어가는 문 앞 말고는 벽면이 온통 책장입니다. 책장 안에는 빈틈없이 책이 빼곡히 꽂혀 있고요. 서호를 더욱 놀라게 한 건 그 책 종류입니다. 할아버지와 할머니만 사시는 집인데도 책은 아이들 책이 더 많습니다. 그림책도 가득 있고, 동화책도 가득입니다. 그뿐만이 아닙니다. 서호가 죽고 못 사는 과학책도 눈에 뜨입니다.

"얏호!"

서호가 자신도 모르게 내지른 소리입니다.

"야야, 빤스 바싹 말랐다. 입고 얼른 집에 가야제. 부모님 걱정하실라."

할머니가 빨랫줄에서 서호 옷을 벗겨 내밀었지만 서호는 들은 체도 않습니다. 책에 코를 박고 정신이 없습니다.

"어허, 다 못 읽은 거는 내일 와 읽고 얼른 옷 입고 가라니깐."

이번에는 할아버지가 채근을 합니다.

"할아버지 내일도 와서 책 읽어도 돼요?"

"그럼, 되고말고. 동무들 많이 데리고 와도 돼."

"정말요? 언제 오면 돼요?"

"언제라고? 그건 말이야. 그래. 이 문이 열려 있으면 언제라도 들어와."

할아버지가 파란 대문을 가리키며 말했습니다.

그 뒷날 서호는 승욱이를 데리고 왔습니다. 승욱이는 같은 반이기도

하지만 같은 마을 아래윗집에 삽니다. 부모님들도 친척처럼 가깝게 지냅니다.

"진짜라니까. 가보면 안다니까. 맛있는 감자를 준다니까."

승욱이가 선뜻 따라나서지 않았던가 봅니다. 그래서 감자로 꼬드긴 거고요.

"정말 삶은 달걀도 주지?"

집 앞까지 와서 승욱이가 확인하듯이 우뚝 서서 이렇게 물었습니다. 서호는 난처했습니다. 승욱이를 데려오고 싶은 마음에 달걀까지 삶아 준다고 했으니까요.

"얼른 들어가! 먹는 타령 자꾸 하지 말고."

서호가 승욱이를 끌다시피 데리고 들어갔습니다.

"어이구, 서호 정말 오는구나. 오늘도 똥 마려……."

어제처럼 평상에서 감자를 깎고 있던 할아버지와 할머니가 이름까지 부르면서 반겼습니다. 할머니는 똥이란 말을 하려다 말고 얼른 뒷말을 끊어버렸습니다. 혼자가 아니라 동무와 같이 오는 걸 봤기 때문입니다.

"우리 마을에 살고요. 우리 반이고요. 이름은 윤승욱이에요."

"그래, 우리 서호 동무구나. 잘 왔다."

서호도 그냥 서호가 아니라 '우리 서호'입니다.

"책 봐도 되지요?"

"그래, 책을 보든지 똥을 누든지 마음대로 해라."

할머니가 또 똥이란 말을 했습니다. 똥이란 말이 나와서 그런지 서호는 정말 똥이 마려웠습니다.

"할아버지 화장실 가도 되지요?"

똥이 마려웠지만 똥이란 말을 하고 싶지 않

아서 그냥 화장실 간다는 말만 했습니다. 할아버지와 할머니가 승욱이 앞에서 어제 그 똥 이야기를 꺼내면 큰일 나니까요.

"자, 오늘은 감자도 삶고, 달걀도 삶았다. 매키지 않도록 물을 마시면서 천천히 먹어라."

거실 바닥에 엎드려서 책을 읽고 있는 아이들 앞에 감자와 달걀이 가득 든 함지박을 내놓았습니다.

서호는 깜짝 놀랐습니다. 할아버지와 할머니는 정말 족집게 귀신같다는 생각이 들었습니다. 어찌도 자기들 속마음을 이렇게 들여다보듯이 아는지 말입니다.

　그 뒷날은 네 사람이 이 집으로 몰려왔습니다. 서호 짝꿍 지은이, 승욱이 짝꿍 혜민이도 함께 왔기 때문입니다. 그날 서호와 승욱이는 지은이와 혜민이에게 과일도 준다고 꼬드겼습니다. 그런데 어떤 일이 일어났는지 아세요? 글쎄, 정말 자두를 내놓는 게 아니겠어요. 서호와 승욱이는 기절하는 줄 알았다니까요.

하루하루가 갈수록 그 집으로 몰려가는 아이들이 불어났습니다. 할아버지와 할머니는 감자랑 달걀이랑 과일을 더 많이 준비했고요.

　　더 놀랄 일은 1학년뿐만 아니라 언니와 오빠들도 하나 둘 소문을 듣고 몰려들었다는 게 아닙니까. 이젠 이 집에는 날마다 아이들이 가득 했습니다. 학교 마치고 집에 가다가 들르는 아이, 학원가기 전에 잠깐 들르는 아이, 학원에서 집으로 가다가 들르는 아이, 저마다 짬이 나거나 마음이 내키면 편하게 들렀습니다. 아이들은 마치 자기 집이나 놀이터처럼 지냈습니다. 똥을 누는 아이, 거실에서 책을 읽는 아이, 평상에서 간식을 먹는 아이, 마당에서 놀이를 하는 아이, 텃밭에서 할아버지 일을 도와주는 아이…….

　　또 더 놀라울 일은 어느 날 이 집에 간판이 떡하니 생겨났다는 겁니다.

　　'똥 누고 가는 집'

　　할아버지가 직접 만들어 써 붙인 간판입니다. 그 간판은 뗐다 붙였다 쉽게 할 수 있게 만들었어요. '똥 누고 가는 집' 간판이 붙어있지 않는 날이면 할아버지와 할머니가 없다는 표시입니다. 그렇지만 간판이 나붙

지 않는 날은 거의 없었습니다.

　2학기가 시작 된 어느 날이었습니다. 경찰차에 이어 승용차 몇 대가 '똥 누고 가는 집' 앞에 멎었습니다.

　"이 집입니다. 여기를 보세요. '똥 누고 가는 집' 이 것만 봐도 정상적인 사람이 아니라는 걸 당장 알 수 있잖아요."

　빵모자를 쓴 사람이 손가락으로 간판을 가리키며 아주 큰소리로 말했습니다. 승용차에서 내린 사람들과 경찰 아저씨가 그 간판을 보면서 문 안으로 들어섰습니다.

　"도대체 당신 정체가 뭡니까? 왜 아이들을 이렇게 모아놓고 이상한 짓을 하는 겁니까?"

　빵모자가 할아버지와 할머니에게 삿대질을 하면서 대들듯이 말했습니다.

　"이상한 짓이라니요? 누가 이상한 짓을 한다는 말입니까?"

할아버지가 놀란 가슴을 진정시키면서 천천히 말했습니다.

"원장 선생님!"

몇몇 아이들이 빵모자를 보고 아는 척을 했습니다.

"너희들 학원 와서 공부하지 않고 이런 이상한 곳에서 도대체 뭘 하는 거야?"

빵모자는 학교 앞에 있는 '실력학원' 원장이었습니다. 그 학원 유리창에는 '시험 점수 20점 이상 책임지고 올려줍니다.'라는 펼침막이 걸려 있습니다.

"이상한 짓이지요. 남자와 여자아이들을 같은 방에 몰아넣어 저렇게 뒹굴게 하는 게 이상한 짓이 아니고 뭡니까?"

빵모자 뒤에 서 있던 빨강머리 아줌마가 서재에서 책을 읽는 아이들을 손가락질하면서 무섭게 따졌습니다.

"원장 선생님!"

빨강머리에게도 원장이라고 부르는 아이들이 몇 있었습니다. 그 사람은 시장 들어가는 곳에 있는 '하버드학원' 원장이었습니다.

"책 읽고 있잖아요. 그게 뭐 어때서요?"

할아버지는 이 사람들이 왜 이렇게 쳐들어왔는지를 눈치챘습니다.

"이렇게 허가도 없이 독서실을 운영해도 되는 겁니까? 이건 불법입니다. 불법! 그렇지 않나요?"

빨강머리가 경찰 아저씨에게 응원을 청하듯이 말했습니다.

"할아버지, 아이들에게 돈을 얼마나 받나요?"

경찰 아저씨가 수첩을 펴들고는 이렇게 물었습니다.

"돈요? 돈이라니요? 돈을 받지 않습니다."

"그래요? 여기에 오는 아이들 명단 좀 보여주세요."

"그런 거 없습니다. 누구라도 지나가다가 똥이 마려워도 오고, 책을 읽고 싶어도 오고, 간식이 먹고 싶어도 오고, 놀다 가고 싶어도 들릅니다. 그러니 명단이 있을 턱이 없지요."

할아버지 설명에 경찰관 아저씨가 고개를 끄덕였습니다.

"맞아요. 여기서는 출석을 부르지 않아요."

곁에서 듣고 있던 몇몇 아이들이 할아버지를 응원이라도 하듯이 끼어

들었습니다.

"너희들이 뭘 안다고 그래? 저리 가지 못할까?"

빵모자와 빨강머리와 그 뒤에 서 있는 사람들이 합창하듯이 아이들을 나무랐습니다.

"분명 뭐가 있습니다. 조사를 해봐야 합니다. 간식비도 만만치 않을텐데 꿍꿍이속이 없다는 말을 누가 믿겠어요. 안 그렇습니까?"

그 사람들은 여전히 할아버지를 몰아세웠습니다.

"어떤 꿍꿍이속도 없습니다. 그냥 아이들이 좋아서 찾아오는 아이들과 놀고 있습니다. 아이들이 좋아하니까 책도 사 놓고 간식도 만들어 주고 합니다. 간식은 죄다 내가 직접 농사를 지은 감자와 고구마와 과일입니다. 그게 뭐가 잘못 되었나요? 학원에 아이들이 덜 가게 되니 학원 하는 사람들에게는 그게 조금 미안하기는 합니다. 그렇지만 내가 학원 가지 말고 여기 오라는 말은 한 마디도 한 일이 없습니다. 그걸 아셔야 합니다. 여기 와서 놀고 말고는 한 치의 에누리도 없이 아이들이 스스로 선택한 겁니다. 아이들도 제 스스로 선택할 권리가 있습니다."

할아버지가 그 사람들을 향해서 조용조용, 그렇지만 분명하게 말했습니다.

"이봐욧! 당신 그걸 말이라고 합니까? 철없는 아이들을 먹는 것으로 꼬드겨서 공부를 못하게 해놓고도 큰소리치는 당신은 도대체 우리 하고 무슨 원수가 졌나요? 아이들은 노는 것을 좋아하지 공부하는 것을 더 좋아하는 아이가 어디 있겠어요? 그래놓고 뭐라고요? 아이들도 스스로 선택할 권리가 있다고요? 아이들 바보 만들어놓으려고 작정을 했나요?"

"자, 자, 그만 하세요. 그런데 할아버지 저 간판은 뭡니까? 왜 하필 '똥 누고 가는 집' 이라고 써 놓았나요? 그럴만한 이유라도 있나요?"

경찰 아저씨가 말싸움을 말리려는 듯 이야기를 돌렸습니다.

"있지요. 있습니다. 내가 아이들에게 간식을 주잖아요. 그 대신 아이들에게는 그 농작물을 기르는 비료를 달라는 겁니다. 아이들이 누고 가는 똥은 하나 남김없이 우리 밭으로 가서 비료가 됩니다. 그러니 사실 내가 아이들에게 주는 간식은 공짜가 아닌 것이지요."

"뭣이라고요? 똥을 비료로?"

경찰관 아저씨는 놀라 황소 눈이 되었습니다. 할아버지를 공격하던 학원 사람들도 놀라기는 마찬가지입니다. 그보다 더 놀란 것은 곁에서 이야기를 듣고 있던 아이들이었습니다.

"뭐? 고구마와 감자와 과일 모두를 우리 똥으로 만들었다고?"

"에이 더러워라. 퉤퉤퉤."

"우웩"

할아버지 똥 이야기를 들은 아이들은 여기서도 저기서도 난리입니다. 아이들은 간식 바구니를 무슨 징그러운 벌레라도 되듯이 거실 구석에 밀어버렸습니다.

"그래, 무슨 속임수가 있다고 하지 않던? 너희들 이렇게 속고도 여기

계속 올 거야?"

학원 사람들은 기회다 싶었던지 아이들에게 마구 겁을 줬습니다. 그러고는 아이들을 하나 둘 손잡고 학원으로 가버렸습니다. 남은 아이들도 눈치를 보다가 하나 둘 슬슬 집으로 가버렸습니다. '똥 누고 가는 집'은 갑작스럽게 텅 비어버렸습니다. 며칠 동안까지 그랬습니다.

꽤 날짜가 흘러갔습니다. 서호와 영욱이가 가장 먼저 이 집에 발을 들여놓았습니다.

"할아버지, 아빠와 엄마가 그러는데 똥으로 기른 게 가장 몸에 좋대요. 그렇지만 저는 책만 읽고 갈래요. 간식은 안 먹어도 돼요."

서호와 영욱이 뒤를 이어 몇몇 아이들도 똑같은 소리를 하면서 들어왔습니다. 2학년도 오고, 3학년도 오고, 4학년, 5학년, 6학년이 왔습니다. 그 전보다 더 많이 모였습니다.

할아버지와 할머니가 바빠졌습니다. 감자를 깎고, 달걀을 삶고, 과일을 씻었습니다. 빗물에 씻겨서 희미해진 오징어 놀이그림을 마당에 힘차게 그렸습니다.

할아버지와 할머니가 간식 함지를 아이들 곁에 살짝살짝 갖다 놓았습니다.

　　"저거들이 설마 이 맛있는 걸 안 먹을까?"

　　절대로 안 먹을 것 같던 아이들 손이 하나 둘 간식 함지로 쏘옥쏘옥 들어왔습니다. 어떤 함지는 눈 깜짝할 사이에 텅 비어버렸습니다.

　　할아버지와 할머니가 빈 함지를 채우면서 웃음을 참느라 손을 입에 대고 쿡쿡거렸습니다.

　　"야, 오징어 하자."

　　"니 죽었어!"

　　"만세! 우리가 이겼다!"

　　오징어 놀이 하느라 내지르는 아이들 소리가 '똥 누고 가는 집' 가득합니다. 골목을 들었다 놓았다 합니다.

4 빨리빨리 나라 이야기

우주 귀퉁이에 아주 이상한 나라가
있었습니다. 빨리빨리 나라입니다.
　처음에는 그 나라가 전혀 이상하지
않았습니다. 1학년 교실에는 1학년
이 공부하고, 2학년 교실에는 2학년
이 공부하였습니다. 그러니 아주 정
상이었습니다.

그런데 무엇이든지 빨리빨리, 얼른얼른, 급히급히 해서 남보다 앞서
야만 직성이 풀리는 고약한 병이 걸린 사람이 왕이 되고부터는 그만 이
상한 나라가 되고 말았습니다.

"아니? 돌이 다 된 놈이 '맘마'가 다 뭐야, '맘마'가? 정확하게 '어머
니 젖 주세요.'라고 가르쳐야지. 말을 그래 늘어터지게 배워서 이 나라
의 똑똑한 백성이 되겠어?"

왕은 말을 처음 배우는 아이의 옹알이를 그냥 두고 못 봅니다. 그냥
못 보는 정도가 아니라 아이 부모를 불러서 벌을 줍니다. 아이에게 말을
늦게 가르쳤다고 곤장을 맞은 사람도 있고, 감옥에 갔다 온 사람들도 있
습니다.

사람들은 옹알이도 못하는 갓난아이에게 말을 가르치느라 난리입니
다. 온 나라가 야단법석입니다. 이래서 그만 이상한 나라가 된 것이지요.

동실이네 집입니다.
"어와, 마마."

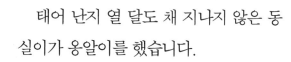

태어 난지 열 달도 채 지나지 않은 동
실이가 옹알이를 했습니다.

"어이구 내 새끼, 귀여운 내 새끼가 말을
하네, 말을 해. 그래 배고파서 에미에게 젖
달라는 말이지. 그래 그래. 주고말고. 에미
야! 동실이 젖 줘라. 배고프단다."

할머니가 대번에 동실이 옹알이를 알아듣고 동실이 엄마를 부릅니다.

"어와, 마마."

동실이는 엄마 품에 안기면서도 연신 같은 말을 합니다. 말이라기보
다는 옹알이입니다.

동실이 엄마가 파랗게 질린 얼굴이
됩니다.

"큰일 나겠네. 큰일 나겠어. '어와,
마마'가 뭐야."

동실이 엄마는 누가 듣지나 않았나

하고 둘레를 한 번 휘 둘러봅니다. 다행히 아무도 들은 것 같지는 않습니다.

"어 · 머 · 니 · 젖 · 주 · 세 · 요. 따라 해! 못하면 젖 안 줄 거야."

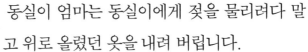

동실이 엄마는 동실이에게 젖을 물리려다 말고 위로 올렸던 옷을 내려 버립니다.

"아아앙. 아아앙."

동실이가 울면서 엄마 품을 파고들었지만 벌을 받을까봐 겁이 난 엄마는 어림도 없습니다.

"애야, 아무리 그래도 그 어린 게 뭘 안다고 그래노? 얼른 젖 물려라. 동실이가 얼마나 배가 고프면 저래 울겠노? 얼른!"

보다 못한 동실이 할머니가 동실이 편을 들어줍니다. 동실이 엄마는 마지못해서 둘레를 휘 둘러보고는 옷섶을 들어 올립니다. 동실이가 엄마 가슴을 파고듭니다.

우람이네 집입니다.
태어난 지 다섯 달이 지난 우람이가 얼마 전부터 뒤집기를 하더니 이젠 제법 배밀이를 잘 합니다. 그렇지만 그게 자랑이 못 됩니다.
"이걸 어째? 여보, 당신이 오른쪽 겨드랑을 잡아요. 내가 왼쪽을 잡을 테니. 얼른 걷는 연습을 시켜야 되지요. 자칫하다가는 건너 마을 철이네 꼴 나요."
우람이와 하루 차이로 태어난 건너 마을 철이, 그 철이 아빠는 지금 감옥소에 가 있습니다. 너무나 억울하게 말입니다. 죄를 짓고 감옥소에 갔다면 억울할 턱이 없지요. 무슨 죄인지 아세요? 글쎄 철이에게 배밀이를 하게 내버려 뒀다고 내린 벌이라나요. 그러니 억울하단 말입니다. 기가 막힐 노릇입니다.

우람이는 영문도 모르는 채 엄마와 아빠 손에 이끌려 걸음마 연습을 합니다. 기어보지도 못한 우람이는 배밀이도 제대로 해보지 못하고 걸음마를 배웁니다. 방안 이곳저곳을 기어 다녀볼 자유도 우람이에게는 없습니다. 정말 기가 막힐 노릇입니다.

우람이는 아무것도 모르고 자꾸만 배밀이를 합니다. 그런 우람이를 바라보는 우람이 엄마는 가슴이 답답합니다.

"우람아, 니가 얼른 걸어야 아빠가 감옥소 가지 않는대. 그러니 자꾸 배밀이를 하려 하지 말고 얼른 벌떡 일어나서 걸어. 알았지?"

우람이 엄마가 이렇게 볼멘소리를 하지만 우람이는 그 말을 알아들을 턱이 없습니다. 설령 알아듣는다고 해도 어쩔 수 없습니다. 우람이는 걸을 수 없으니까요. 우람이는 다섯 달 아기이지 돌 지난 아이가 아니니까요.

세월이 흘렀습니다.
동실이와 우람이가 유치원에 들어갔습니다.

"꽃밭에는 꽃들이 모여 살고요. 우리들은 유치원에 모여 살지요. 달빛 유치원. 달빛 유치원. 우리들의 꽃동산."

동실이와 우람이가 유치원에서 배운 노래를 소리소리 지르면서 부릅니다.

그런데 어느 날 이 나라 왕이 유치원 교육을 잘 하나 보러 나왔습니다.

"애들아, 너희들 이 책 좀 읽어 봐라. 아주 재미있단다."

글자가 빽빽한 동화책을 쑥 내밀면서 왕이 이렇게 말했습니다.

"우리는 글을 못 읽어요."

아이들이 책을 밀어내면서 이렇게 말했습니다.

"뭣이? 글을 못 읽는다고? 글자를 모른다 이 말이지? 이거 큰일났구면. 다 큰 유치원 아이들에게 글자를 안 가르치고 노래나 가르쳐. 이러다간 정말 큰일 나겠는걸. 이래가지고 어찌 이 나라를 짊어지고 갈 기둥을 만들 수 있다는 거야."

왕은 당장 신하를 불렀습니다.

"글을 못 읽고 구구단을 못 외는 아이가 있는 유치원 교사나 원장은

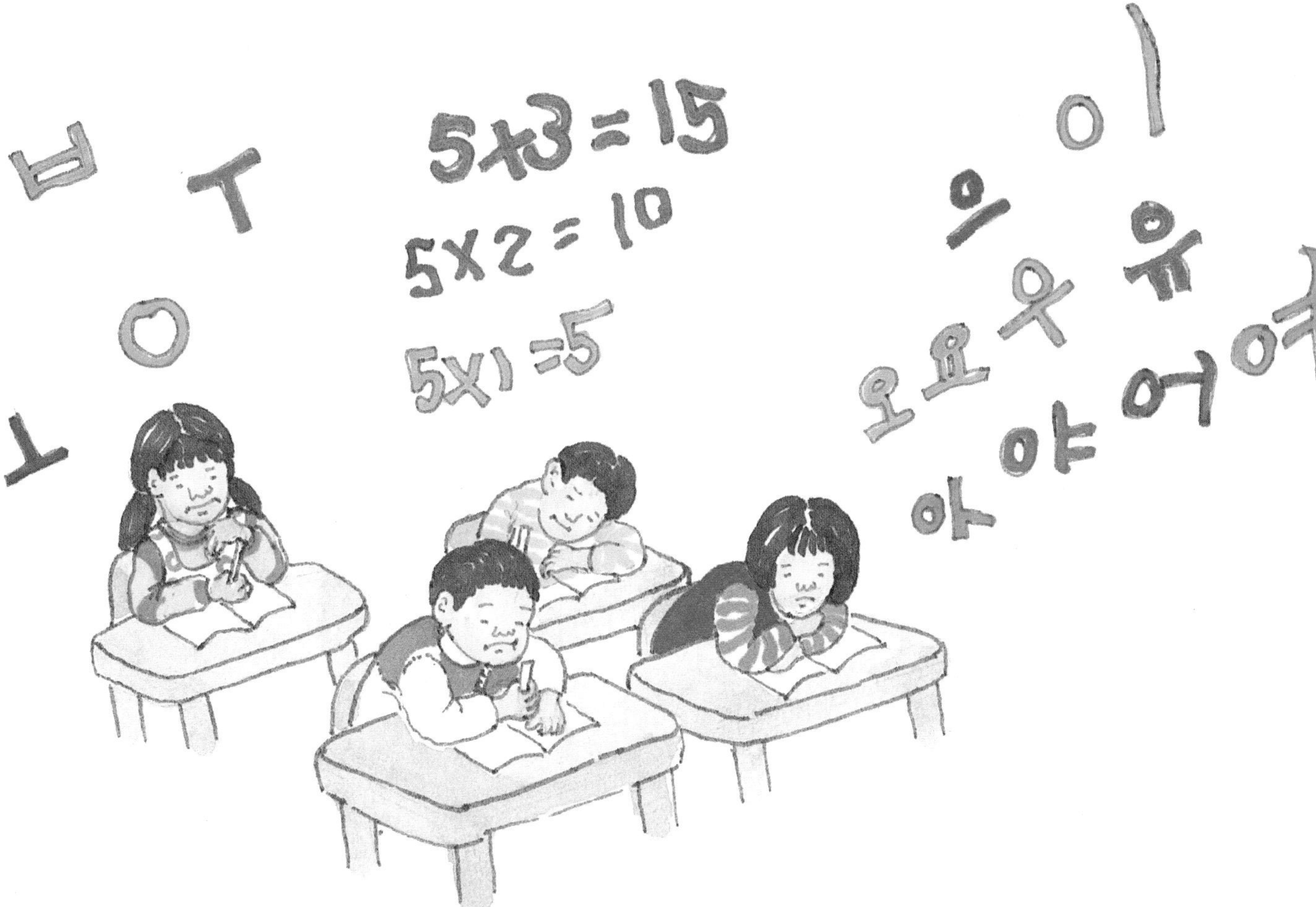
ㅂ
ㅜ
ㅇ
ㅗ
5x3=15
5x2=10
5x1=5
이
으
유
오 요 우
아 야 어 여

당장 곤장을 치고 감옥소로 보내버려!"

왕의 이 한 마디가 유치원 교사나 원장을 벌벌 떨게 만들었습니다.

"자, 이리 보세요. 그리고 따라 하세요. 아, 야, 어, 여, 오, 요, 우, 유, 으, 이."

"구구단 5단을 외어보세요. 구구단을 못 외면 큰일 납니다."

유치원이란 유치원에서는 아이들에게 글자 공부를 시키느라 야단입니다. 구구단을 외게 하느라 난리법석입니다. 엄포를 놓아가며 죽자 살자 가르칩니다.

세월이 흘렀습니다.

동실이와 우람이가 여섯 살이 되었습니다.

동실이와 우람이가 초등학교에 입학을 했습니다.

"자, 여기를 보세요. 오늘은 학교 한 바퀴 도는 공부를 합니다. 선생님을 잘 따라오세요. 알았지요?"

"예,"

아이들이 한 줄로 늘어서서 입 모아 대답을 합니다.

"여기는 보건실입니다. 몸이 아프거나 다쳤을 때 오는 곳입니다."

"여기는 영어실입니다. 언니들이 영어 공부하는 곳입니다. 여러분도
언니만큼 자라면 여기서 영어 공부를 합니다. 알았지요?"

"예."

아이들이 또 입을 모아 합창을 합니다.

이 소문이 왕의 귀에까지 들어갔습니다.

"뭣이? 초등학교 1학년이 되었는데도 영어 공부를 시키지 않는다고? 그 선생을 당장 붙잡아 오너라."

이리하여 1학년 선생님이 왕 앞에까지 가게 되었지 뭐예요.

"아니, 당신 도대체 이 나라 선생 맞소? 초등학교 1학년에게 영어를 가르치지 않는다고? 그 말이 정말이오? 그래가지고 어찌 이 나라의 일꾼을 길러내겠어요."

왕은 선생님을 보자마자 다짜고짜로 야단부터 쳤습니다.

“대왕님, 초등학교 아래학년 때는 우리글부터 배우도록 교육과정이 짜여 있습니다. 외국어는 높은 학년이 되어야 가르치도록 되어 있습니다.”

“뭣이라고? 그런 엉터리 교육과정은 당장 집어치우세요. 초등학교 1학년부터 영어를 가르치세요.”

화가 머리끝까지 난 왕은 그 선생님을 감옥소에 가두어버렸습니다. 그러고는 교육과정을 바꾸어 초등학교 1학년에게 영어를 가르치도록 만들어버렸습니다.

왕은 중학교에도 갔습니다.

중학교 교과서를 버리고, 고등학교 공부를 가르치도록 명령했습니다.

왕은 고등학교에도 갔습니다.

고등학교 교과서를 버리고 대학교 공부를 하도록 엄한 명령을 내렸습니다.

왕은 대학교에도 갔습니다.

대학 공부를 버리고 회사에서 일하는 기술을 가르치도록 했습니다.

왕은 그래도 마음이 놓이지 않았습니다.

"큰일이야, 사람들이 이렇게 태평일 수가 있나? 어찌 그렇게 느릿느릿 살아간단 말인고? 사람과 닮은 침팬지를 보라지. 5, 6년만 지나면 무엇이라도 할 수 있는 어른이 되잖아. 그런데 뭐라? 여섯 살이나 되는 아이에게 영어가 너무 어렵다고? 그렇다면 사람이 침팬지보다도 못하다는 말인가? 그렇게 느림보가 되어 도대체 어쩌겠단 말이야. 가슴이 답답해. 가슴이."

왕은 가슴을 마구 쳐댔습니다.

그러고는 간절하게 기도를 했습니다.

"하느님, 제발 우리나라 사람들 정신 좀 차리게 해 주세요. 침팬지처럼 몸도 마음도 빨리 자라게 해 주세요. 게을러질 대로 게을러진 인간을 불쌍히 여기시어 원숭이나 침팬지나 고릴라처럼 빨리빨리 자라게 해주세요. 빌고 또 비나이다."

왕은 밤마다 무릎을 꿇고 간절하게 기도를 올렸습니다.

아주아주 간절한 기도였습니다.

"어허, 기도가 간절하고 애절하구나. 그래서 너의 소원을 들어주겠노라."

왕은 깜짝 놀랐습니다. 하늘 높은 곳에서 들려오는 울림소리였습니다.

"하느님, 고맙습니다. 저저저 정말, 너너너 너무, 아아아 아주, 무무무 무진장 고맙습니다."

왕은 너무나 기뻐서 말을 마구 더듬었습니다.

"다시 한 번 너의 소원을 확인하겠노라. 정녕 침팬지나 원숭이나 고릴라처럼 빨리 자라고 싶단 말이렸다."

역시 하늘에서 들려오는 울림소리였습니다.

"예, 예. 그렇습니다. 느려터지게 살아가는 사람들 꼴을 못 보겠습니다."

"어허. 그 말이 정말이렸다. 후회는 없겠지?"

"후회라니요. 제 소원이고 소원이고 또 소원인데요."

"그래. 그렇다면 오늘부터 당장 너희 나라 사람들은 침팬지나 원숭이

나 고릴라보다도 더 빨리빨리, 얼른얼른, 급히급히 자라도록 하리라."

"고맙고 또 고맙습니다."

"숭구리당당 숭구리당당 사람아, 침팬지와 원숭이와 고릴라보다 더 빨랑빨랑 얼렁얼렁 자라도록 하여라. 숭구리 숭구리 숭구리당당."

"어어!"

왕은 깜짝 놀라지 않을 수 없었습니다. 하느님의 주문이 끝나기가 무섭게 자기 얼굴이 쪼글쪼글 오그라드는 게 아니겠습니까? 머리는 갑자기 호호백발이 되어버렸고요.

"겁내지 마라! 무서워도 마라! 후회도 마라! 네 소원대로 이루어지고 있는 중이니라."

역시 하늘에서 들리는 울림소리였습니다.

"하느님, 뭔가 잘못 아신 게 아닙니까? 빨리 자라도록 해 달랬지 누가 빨리 늙게 해 달라고 했습니까?"

"그게 그 말이지 않느냐? 빨리 자라면 빨리 늙는 법, 빨리 늙으면 빨리 죽는 법이지. 침팬지나 원숭이나 고릴라는 인간 수명 반도 안 되니까. 왕도 왕비도 아니 왕자도 이젠 다 죽어야겠느니라. 우선 죽기 전에 빨리 늙게 하고 있는 것이니 그렇게 알라."

"뭣이라고요? 안 됩니다. 그건 안 됩니다. 안 됩니다."

왕이 두 손을 내저으며 마구 소리를 질렀으나 하늘에서는 더 이상 아무런 대꾸도 없었습니다.

그래서 어떻게 되었느냐고요? 글쎄 원숭이나 침팬지나 고릴라만큼만 살다가 모두가 죽었겠지요. 그래서 그 이상한 나라는 멸망을 해서 우주 어디에도 없다고 하네요.

지구에는 그 왕과 같은 어리석은 사람이 없어서 참으로 다행스럽습니다. 그래서 1학년 교실에서는 1학년 공부를 하고, 2학년 교실에서는 2학년 공부를 하잖아요. 참으로 정상이고도 정상입니다. 안 그래요?

5 두꺼비 할아버지

　등교하는 아이들로 시끌시끌하던 교문이 조용해졌습니다. 공놀이로 왁자지껄하던 운동장도 조용해졌습니다. 국기 게양대에 높이 매달린 태극기만이 교실마다 아이들을 가득 담고 있다고 자랑이라도 하듯이 힘차게 펄럭입니다.

　교문 왼쪽 기둥에 붙은 '별봉초등학교'라는 이름 판이 아침 햇살에 반짝반짝 빛납니다. 두꺼비 할아버지는 들고 있던 파란 쓰레기통을 내려 놓고 학교 이름 판에 묻은 먼지를 입으로 후후 불었습니다. 그리고는 주머니에서 구두약통 같은 것을 꺼내 헝겊쪼가리에 묻혀서 싹싹 문질러댑니다. 학교 이름 판이 눈이 부시도록 반짝거립니다.

"흠, 흠, 흠"

두꺼비 할아버지는 반짝거리는 이름 판을 쳐다보면서 헛기침을 몇 번 하더니 파란 쓰레기통을 집어 들었습니다.

"오늘은 이쪽으로 도는 날이지."

혼잣말로 중얼중얼하면서 측백나무 담장을 따라 쓰레기를 줍기 시작했습니다.

"이건 과자 봉지. 우리 준이 녀석, 과자를 저거 할애비보다 더 좋아했지."

할아버지는 과자 봉지를 주워서 파란 쓰레기통에 담았습니다.

"이건 유리조각 아니야? 어허, 누가 여기에 병을 깨 놓았노? 우리 준이 녀석, 유치원 다닐 때 병조각 밟아서 혼 난 적이 있지."

아바꺼뚜
아바꺼뚜
우리 집 쓰레기통
또 집
하고

할아버지는 조심스럽게 병 조각을 주워 담았습니다.

"두껍아 두껍아 헌 집 줄게 새 집 다오."

1학년 교실에서 노래가 흘러나왔습니다.

"자알 부른다. 자알 불러. 준이가 가장 좋아하는 노래였지."

할아버지는 걸음을 뚝 멈추고 1학년 교실을 들여다봅니다. 교실 안을 다 살피려는 듯이 까치발을 하고 고개를 쑥 빼서 말입니다.

"뚜꺼어바, 뚜꺼어바 헌 집 줄꺼이 새 집 다고."

어느새 할아버지가 노래를 따라 부릅니다. 워낙 많이 들었던 노래라서 노랫말도 훤하게 다 압니다.

"준이 녀석 자리가 저기 어디였지."

할아버지 눈가에는 어느덧 작은 이슬이 맺혔습니다.

준이가 별봉초등학교에 입학한 지도 벌써 반년이 다 되어 갑니다.

"그래, 우리 준이 오늘 학교 재미있었어?"

손자 준이가 학교에 입학한 날부터 할아버지가 하루도 빠짐없이 묻는 말이었습니다.

"예, 우리 선생님이 옛날이야기 한 자리 해줬어요. 얼마나 재미있었는데요."

"그랬어? 준이 선생님은 예쁘기도 하고 옛날이야기도 잘 하시고 그러네."

"옛날이야기도 해주고, 노래도 가르쳐 주었어요."

"준이는 참 좋겠다. 이 할애비도 학교에 다니고 싶구나."

"에게게, 할아버지가 어떻게 학교에 다녀?"

"왜? 할애비가 학교에 가면 학교가 없어지기라도 한다던?"

"그건 아니지만 그냥 우습잖아요."

"이 할애비도 옛날이야기를 듣고 싶은데 어쩌지?"

"헤헤헤. 그것 때문에 학교 가고 싶은 거예요?"

"그려. 이 할애비는 옛날이야기라면 자다가도 벌떡 일어나지."

"할아버지는 커다란 옛날이야기 보따리가 있다고 했잖아요."

"준이가 다 가져가서 이젠 헐렁한 걸. 바닥나기 전에 얼른 채워놓아야

지."

"할아버지, 옛날이야기는 오늘 밤에 제가 해 드릴게요. 알았지요?"

"오냐, 오냐, 동무 기다린다. 얼른 놀다 오너라."

할아버지의 얼굴 가득한 웃음이 팔랑팔랑 뛰어가는 준이의 등 뒤를 따라갑니다.

준이가 학교에 들어가기 전까지만 해도 할아버지는 걱정을 많이 했습니다.

'에미 애비도 없는 불쌍한 것, 학교에라도 재미를 붙이면 좋으련마는…….'

참으로 다행스럽게도 준이는 학교를 아주 잘 다녔습니다. 동무들과도 잘 어울려 놀았습니다. 학교 가는 게 재미있고 좋다고 했습니다. 학교가 얼마나 좋으면 청소하는 것까지 너무너무 재미 있다고 했을까요.

"할아버지, 오늘부터 우리 1학년도 청소를 해요. 청소를 어디서 했느냐 하면 학교 둘레 측백나무 밑이에요. 거기에 있는 과자 봉지나 종이 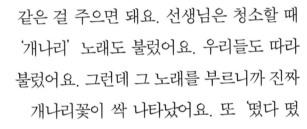 같은 걸 주우면 돼요. 선생님은 청소할 때 '개나리' 노래도 불렀어요. 우리들도 따라 불렀어요. 그런데 그 노래를 부르니까 진짜 개나리꽃이 싹 나타났어요. 또 '떴다 떴다 비행기' 노래도 불렀어요. 그 노래를 부르니까 진짜 하늘에 비행기가 가는 거예요. 이상하지요? 나는 파란 쓰레기통을 들고 따라다녔어요. 선생님이 날 보고 '야, 통맨' 하고 불렀는데요. 나는 '예, 통맨 갑니다.' 하고 큰소리로 대답

을 했어요. 진짜 너무 너무 재미있었어요."

세상에! 청소가 재미있다니요. 준이는 학교생활이 정말 신났던 모양입니다.

준이는 아버지와 어머니 없이 할아버지와 할머니와 함께 살았어요. 진짜로는 아버지와 어머니가 있긴 합니다. 이 세상 어디엔가는 말입니다. 그러나 준이를 내버리고 집을 나가버린 어머니도, 혼자서는 못 키우겠다며 할아버지 댁에 맡겨놓고는 몇 년째 소식이 없는 아버지도, 준이에게는 없는 거나 마찬가지였습니다.

"이것들아, 살기가 어려우면 힘을 합쳐서 어떻게라도 살아볼 생각을 해야지. 이 어린 핏덩이를 내버리고 헤어진다고? 그러고도 너희들이 에미고 애비야!"

"에미야, 그러는 게 아니다. 에미라는 사람은 새끼를 두고는 할 말도 다 못하고 사는 법이다. 새끼를 두고는 아플 수도 죽을 수도 없는 게 에미란다. 살다보면 좋은 시절이 오지 않겠냐. 저 핏덩어리 같은 준이를 봐서도 꾹꾹 눌러 참고 딴 맘 먹지 말거라. 그 죄를 다 어쩔라고 그래노?"

할아버지와 할머니는 아들과 며느리를 달래도 보고 나무라도 봤지만 헛일이었습니다. 바람이 몹시 부는 어느 겨울 밤, 준이 아버지는 기어코 준이를 데리고 왔습니다.

"아버지, 어머니 죄송해요. 혼자서는 도저히 어떻게 할 수가 없어요. 준이를 잘 부탁해요. 준이는 달걀 부침개를 잘 먹어요."

할아버지와 할머니는 가슴이 철렁 내려앉았으나 더 이상 아들을 나무랄 수만은 없었습니다.

"밥벌이할 곳은 봐 뒀어? 어디 가서도 몸조심 해. 준이는 걱정마라. 아직은 아 새끼 하나쯤은 키울 힘이 있으니."

자식 내버리고 가는 애비 마음이 오죽하랴 싶어서 할머니가 이렇게 말을 할 때도 할아버지는 옆에서 '흠흠흠' 하고 마른기침만 해댔습니다.

다행히 준이는 별 탈 없이 잘 자라주었습니다. 할머니와 할아버지가 번갈아 부쳐주는 달걀 부침개를 날름날름 잘 받아먹으면서 쑥쑥 자랐습니다.

'쯔쯔쯧, 불상타 불상타 하지만 에미 애비 없는 것보다 더 불쌍한 게 세상에 어디 있겠노? 에그 불쌍한 것.'

처음에는 애비 에미 없는 게 불쌍하다는 생각만으로 준이를 키웠으나 준이가 크면서 그게 아니었습니다.

"하아버찌"

"하머니"

준이가 혀짧은 소리로 이렇게 부르면 할아버지와 할머니는 좋아서 어찌할 바를 모릅니다. 그만 깔딱 넘어갑니다. 너무 좋아서 혼자서 씩 웃다가 그만 '푸하하' 하고 큰소리 내어 웃곤 했습니다.

"어이구 우리 대감님, 오늘도 잘 놀았쪄? 하아버지가 말 태워줄까?"

"응, 히잉 히잉 해."

"그래, 그래, 하아버지 귀 꼬옥 잡아. 옳지. 옳지."

할아버지와 할머니는 준이 재롱을 보는 게 하루하루를 사는 최고의 즐거움이 되었습니다. 하루라도 준이가 없으면 못 살 것만 같았습니다.

학교에 들어가서도 준이는 할아버지와 할머니를 기쁘게 해 주었습니다. 저녁마다 학교에서 배운 것을 할아버지와 할머니에게 자랑하기 바빴습니다.

"삐용 삐용 삐용."

어린이날을 며칠 앞 둔 어느 날 할아버지와 할머니는 들일 을 마치고 돌아오는 길에 119 구급차가 시내를 향해 내닫는 것을 보았습니다.

"아이구 이걸 어째? 무슨 들일을 날이 저물 때까지 하는 거여. 손자가 차에 치여 병원에 실려 간 것도 모르고."

골목으로 들어서는데 옆집 현수 할머니가 준이 할머니 손을 덥석 잡으며 이렇게 말했습니다. 현수 할머니 손이 가늘게 떨리고 있었습니다.

"뭣이라고? 우 우 우 우리 준이가 어 어 어째 됐다고?"

준이 할머니가 들고 있던 점심 도시락 보자기가 골목길에 뚝 떨어졌습니다.

"준이 할아버지 너무 서둘지 말아요. 자, 자, 이 차에 타요. 준이 할머니도 타세요."

차 안에서 준이 할아버지와 할머니는 두 손을 모으고 빌고 또 빌었습니다.

'안 됩니다. 우리 불쌍한 준이가 어찌 되면 안 됩니다. 빕니다. 이렇게 빕니다. 제발 우리 준이 무사하도록 해주세요.'

할머니는 뒷자리 좁은 바닥에 꿇어앉았습니다. 할아버지도 무릎을 꿇었습니다.

"두뇌 손상이 너무 컸습니다. 병원에 닿기 전에 이미……."

이렇게 말해놓고 의사도 돌아서 버렸습니다.

"안 됩니다. 선생님, 우리 준이 살려주세요. 우리 준이 죽으면 안 됩니다."

준이 할머니가 의사의 하얀 가운을 붙잡고 울부짖다가 그만 정신을
잃고 말았습니다.

"할머니! 할머니!"

의사와 간호사들이 우우 몰려들었습니다.

"준아! 준아! ㅇㅇㅇㅇ. ㅇㅇㅇㅇ."

준이 할아버지의 울음소리는 차라리 동물이 울부짖는 소리였습니다.

준이 할아버지도 정신을 놓
고 쓰러지고 말았습니다.

　응급실에 있던 의사도 간
호사도 눈물을 훔쳤습니다.

　준이가 없는 집은 텅텅 빈
집이나 다름없었습니다. 준이 할아버지도, 준이 할머니도 넋을 놓았습
니다. 운동화가 마당에서 비를 맞고 있어도 아는지 모르는
지 멍하니 보고만 있었습니다. 정신이 없어 방으로 들
고 간 호미가 방구석에서 며칠째 뒹굴고 있었습니
다.

　"뚜꺼바아, 뚜꺼바아 헌 집 줄꺼이 새 집 다고.
흐흐흑……."

　할아버지는 준이가 가장 즐겨 부르던 뚜꺼
비 노래만 구슬프게 부르다가 울다가 했습
니다.

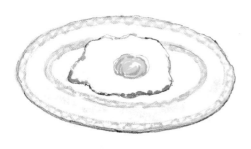

"우리 준이 잘 키우겠으니 걱정마라고 애
비한테 약속을 했는데. 애비가 와서 준이
를 찾으면 뭐라고 하노?"

할머니가 혼잣말처럼 중얼거렸습니다.

"어허, 준이, 준이 하지 말라니깟!"

할머니를 이렇게 나무라지만 사실은 할아버지 가슴
속에도 똑같은 걱정이 자리 잡고 있었습니다.

"준이가 달걀 찌짐을 잘 먹었는데……."

"준이, 준이 하지 말라고 했지! 그러면 준이가 좋은 곳으로 못 간다니
깐!"

할아버지는 할머니를 야단치느라 정작 자신은 준이가 보고 싶다는 말
을 한 마디도 못 하고 지냅니다. 그게 할아버지 마음을 더욱 아프게 했
습니다.

몇 며칠 그렇게 멍하게 지내던 할아버지가 파란 쓰레기통을 챙겨 들
고 별봉초등학교로 갔습니다.

"우리 준이 녀석이 그토록 좋아했던 학교인데."

학교에서 들려오는 시끄러운 소리 속에 준이 음성도 섞여 있는 것만 같았습니다.

"청소가 재미있다고 했지? 파란 쓰레기통을 들고 다니는 것도 좋다고 했지."

할아버지는 교문에서 시작되는 측백나무 담장을 따라 쓰레기를 주웠습니다. 담장 너머로 준이가 공부하던 교실이 보였습니다. 아이들이 선생님과 노래를 부르고 있었습니다.

"두껍아, 두껍아 헌 집 줄게 새 집 다오……."

할아버지는 귀가 번쩍 뜨였습니다. 준이가 그렇게도 좋아하던 '두꺼비' 노래였으니까요.

"뚜꺼바아, 뚜꺼바아 헌 집 줄꺼이 새 집 다고……."

할아버지는 큰소리로 따라 불렀습니다. 그 소리가 아주 커서 1학년 교실까지 들렸습니다. 아이들의 노래 속에 섞인 할아버지 노랫소리를 선생님은 들었습니다.

학교를 한 바퀴 돌고 오니 답답하던 가슴이 조금은 시원해지는 듯했습니다. 목구멍까지 올라와서 금방이라도 울음 되어 튀어나올 것만 같던 슬픔이 조금은 잦아드는 듯했습니다. 도대체 아무것도 보이지 않던 할아버지 눈에는 마을도 보이고 들판도 보이기 시작했습니다.

할아버지는 준이가 가방을 메고 학교에 가듯 날마다 파란 쓰레기통을 들고 학교로 갔습니다. 교문 안으로는 들어가지 않고 측백나무 담장을 돌며 쓰레기를 주웠습니다. 준이가 좋아하던 청소를 하니 즐거웠습니다. 재미있었습니다. 준이가 공부하던 1학년 교실을 들여다보는 것도 좋았습니다. 교실에서 흘러나오는 '두꺼비' 노래를 따라 부르는 것은 더더욱 좋았습니다.

여름 방학을 앞두고 교무실에서 회의가 열렸습니다.

"어쩌지요? 방학 때에도 두꺼비 할아버지는 그 시간에 거기에 올텐데요."

교장 선생님이 가장 먼저 입을 열었습니다.

"할 수 없잖아요. 그렇다고 1학년을 날마다 등교시켜서 그 시간에 노래를 부르게 할 수는 없잖아요."

"노랫소리가 없으면 처음에는 서운하겠지만 금방 적응할 겁니다. 두꺼비 할아버지도 방학이라는 걸 알 테니까요."

몇몇 선생님이 할아버지에게는 안 됐지만 달리 뾰족한 방법이 없다는 의견을 냈습니다.

"안 됩니다. 그건 정말 안 됩니다. 두꺼비 노래를 못 들으면 준이 할아버지는 밤이 되어도 그 자리에 그렇게 서 있을지도 몰라요. 언젠가 그 노래를 안 부르고 아이들을 집으로 보낸 적이 있었어요. 깜빡 잊고요. 퇴근 준비하다가 그 자리에서 목을 빼고 처량하

아껍두아껍무 새집 다오 헌집 줄게

130

게 서 있는 준이 할아버지를 봤지 뭐예요. 가슴이 철렁 내려앉았어요. 그래서 어떻게 했는지 알아요. 급한 김에 얼른 테이프를 틀었잖아요. 그랬더니 노래를 따라 부르고는 멈칫멈칫 하더니 쓰레기통을 집어 들고 가셨다니까요."

1학년 준이 선생님은 두꺼비 할아버지라고 하지 않고 꼭꼭 준이 할아버지라고 말했습니다.

"노래 테이프라고 했지요? 그거네요. 그거. 테이프로 노래를 들려주는 겁니다."

교무 선생님이 손뼉을 탁 치면서 이렇게 말했습니다.

"그러네요. 그런 좋은 방법이 있네요. 일직 선생님이 '두꺼비' 노래를 반복해서 나오도록 해놓으면 되겠네요."

6학년 선생님도 테이프를 틀어주는 게 좋겠다고 거들고 나왔습니다.

"그것보다 더 좋은 방법이 없을까요? 테이프만 틀어놓는 것보다는 아이들이 직접 부르면 좋겠는데요. 방학 동안에도 방과 후 학교는 계속되지요?"

교장 선생님이 좋은 방법이라도 있다는 듯이 방과 후 학교를 꺼냈습니다.

"맞아요. 테이프를 틀어주었을 때 뭔가 부족하다는 느낌을 받았어요. 멈칫멈칫 하는 발걸음에서요."

1학년 준이 선생님이 교장 선생님의 말을 받았습니다.

"그래요. 이 일은 할아버지의 깊은 병을 고쳐주는 치료입니다. 할아버지를 살리는 일이라는 말입니다. 방과 후 학교를 하는 아이들이 그 시간에 거기서 노래를 부르게 합시다. 1학년 교실이 우리 학교에서 가장 시원한 곳이니까 방과 후 학교를 아예 그 교실에서 하면 좋겠네요."

교장 선생님은 미리부터 걱정을 많이 했던 모양입니다.

"아주 좋은 의견입니다."

"그게 좋겠습니다."

선생님들이 모두 찬성을 했습니다.

별봉초등학교 1학년 교실, 여름 방학인데도 아이들이 부르는 '두꺼비' 노랫소리는 끊어지지 않고 날마다 흘러나왔습니다.

두꺼비 할아버지는 오늘도 파란 쓰레기통을 들고 '뚜꺼바아'를 흥얼거리면서 별봉초등학교 담장을 돌았습니다. 학교 이름판도 반짝반짝 빛나도록 닦고 또 닦았습니다.

"할아버지, 날마다 이렇게 학교를 깨끗하게 청소해줘서 고맙습니다."

교문에서 할아버지를 만난 교장 선생님이 반갑게 인사를 했습니다.

"아닙니다. 제가 즐거워서 하는 걸요. 재미있고요."

이렇게 말하는 할아버지 얼굴에는 웃음이 가득하였습니다. 여름 방학 전까지만 해도 누가 인사를 해도 대답도 하지 않던 할아버지였습니다.

6 싱거운 싸움

1학년 교실입니다. 가방을 멘 아이들이 하나 둘 모여들기 시작합니다.

"선생님 안녕하세요?"

"안녕? 벌써 오는구나."

가장 일찍 온 선생님이 활짝 웃으며 아이들의 인사를 받습니다. 조용하던 교실이 왁자지껄 시끄러워집니다.

무슨 일 때문인지 병주와 민화가 싸움을 합니다. 병주와 민화는 짝꿍입니다.

왜 싸우는지는 두 사람 말고는 아무도 모릅니다. 왜 싸우는지 알려면 싸우는 소리를 들어야 하는데 입으로는 싸우지 않고 눈으로만 싸웁니다.

조금 전까지 입으로 싸움을 했을 터이지만 그 싸움 소리를 아무도 듣지 못했습니다.

　못마땅한 눈으로 마주 보고 있다가 민화가 한 마디를 합니다. 눈싸움은 다시 입싸움으로 바뀌었습니다.

　"빨리 물러 내!"

　병주가 민화의 어떤 물건을 망쳐 놓았거나 건드린 게 틀림없습니다.

　"싫어."

　병주는 물러 주지 않겠다고 합니다.

　"왜 안 물러 주는데?"

　"그냥이야. 물러 주기 싫어서 그런다. 어쩔래?"

　"선생님한테 일러 줄 거야."

　"일러 줘라. 누가 겁낼 줄 알고."

　"선생님임, 이잉."

　민화는 그만 울음 섞인 소리가 됩니다.

　민화와 병주의 싸움을 옆눈으로 몰래 지켜보고 있던 선생님은 애써

못 본 척해 버립니다.

"지지바야 니도 글 때 내 가방 찼잖아."

민화가 울음 섞인 소리로 선생님을 부르니 겁이 나는 모양인지 병주
는 언젠가 일을 들먹입니다.

"언제 내가 니 가방을 찼는데 말해 봐."

"글 때."

"글 때 언제 몇 시 몇 분에?"

"몰라."

"왜 몰라?"

"모르니까 모르지."

"모르면 아니야."

"맞아."

"아니야."

"맞아."

"아니야."

그러고 보니 빨간 책가방이 두 사람 책상 앞에 내동댕이쳐져 있습니다. 병주가 민화 가방을 해코지한 모양입니다.

민화는 더 말해 봐야 소용이 없다는 것을 알았는지 씩씩거리면서 병주를 째려보고 있습니다. 병주도 제자리에 꼿꼿이 서서 민화를 노려봅니다. 입싸움이 다시 눈싸움으로 바뀌었습니다.

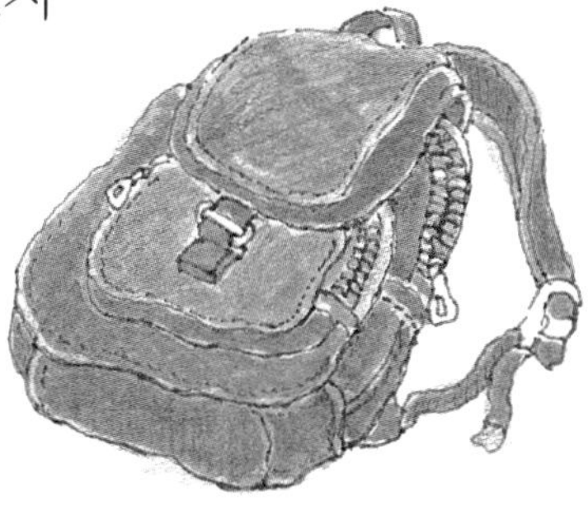

그런데 반 아이들 누구도 두 아이의 싸움에

관심이 없습니다. 진호가 가까이 와서 짓궂은 표정으로 두 아이를 번갈
아 한 번 쳐다보고는 그냥 가 버립니다.

진호는 심심한지 옆 분단으로 가서 짝꿍과 이야기를 하고 있는 민지
에게 괜히 혀를 날름합니다. 민지가 진호를 한 대 툭 때립니다.

"왜 때려?"

진호가 민지 책상을 마구 흔들어 버립니다.

"선생님임."

민지가 선생님을 보지도 않으면서 일러주는 척합니다. 진호가 다시 책상을 흔들어 놓고 도망을 갑니다. 민지가 발딱 일어나서 도망가는 진호를 쫓아가 등을 한 대 때리고 도망을 갑니다. 도망가던 민지가 진호에게 잡혔습니다.

"이 지지바 왜 때리고 도망가!"

"니가 먼저 도망갔잖아."

진호와 민지가 그 자리에 서서 씩씩거리며 그만 싸움이 되었습니다. 그러다가 슬그머니 진호가 제자리에 오고 말아서 싸움은 싱겁게 끝이 났습니다.

가만히 보니 교실 뒤편에서도 싸움이 벌어졌습니다. 제완이와 진규의 싸움입니다. 두 사람은 두 주먹을 불끈 쥐고 닭이 싸움질하는 것처럼 노려보고만 있습니다. 그런데 다른 아이들이 장난을 치다가 그만 진규와

제완이에게 넘어져 덮치는 바람에 싸움은 또 끝이 났습니다.

여기서도 저기서도 싸움인지 장난인지도 모를 다툼이 이어집니다. 교실은 떠들썩합니다. 선생님은 이러한 싸움에는 전혀 아랑곳하지 않습니다.

병주와 민화의 싸움은 쉽게 끝나지 않고 계속 버티고 있습니다.

병주는 오래 가만히 서서 노려보는 것이 지쳤는지 뒤에 있는 창기를

보고 무슨 이야기를 겁니다. 싸우다가 딴전을 벌이고 있습니다. 민화 혼자 싱겁게 되어 버렸습니다. 민화가 병주의 옷을 잡아당기면서 다시 싸움을 겁니다.

"빨리 가방 물러 내. 임마."

"놔. 왜 잡아땡겨?"

병주는 민화의 손을 뿌리치면서 그만 한 대 때리고 맙니다.

"왜 때려!"

이번에는 민화가 질세라 병주의 가슴을 한 대 쥐어박습니다.

"니는 왜 때려."

병주는 다시 민화의 가슴을 때립니다.

"왜 때려?"

민화가 한 찰을 때립니다.

말이 때리는 게지 그냥 살짝 건드립니다. 너 한 찰, 나 한찰 손이 여러 번 오고 갑니다.

두 아이는 한 찰을 때리고는 벌쭉이 서 있습니다. 마치 다음은 네가 때릴 차례야 하듯이 맞을 준비를 하고 있는 것이지요. 그러다가 상대에게 한 찰을 맞으면 마치 그림자처럼 반드시 맞대꾸 주먹질을 합니다. 오고 가고 가고 오고 아주 공평하게 한 찰씩 주고받지만 주먹질은 점점 세어져 갑니다.

병주가 제법 세게 때렸습니다. 세게 때렸다기보다는 세게 밀쳤습니

다. 그러고는 역시 멀뚱하게 서 있습니다. 민화가 뒤로 밀려 뒤뚱했습니다. 민화의 얼굴이 일그러졌습니다.

"왜 세게 때려."

이번에는 민화가 힘껏 밀어 버립니다. 민화의 말속에는 이미 울음이 섞여 있습니다. 병주가 뒤로 밀려 중심을 잡지 못하고 넘어지고 말았습니다.

"이 지지바가."

병주가 일어서더니 민화를 더 힘껏 밀었습니다. 민화가 쿵하고 엉덩방아를 찧었습니다.

"이잉잉."

민화가 울어 버립니다. 넘어진 민화를 물끄러미 보고 있던 병주는 가방을 얼른 들어서 민화 책상 위에 던지다시피 얹어 놓습니다. 고개를 숙이고 울던 민화가 울음을 뚝 그치고 가방을 열어 책을 꺼냅니다.

싸움은 생각보다 싱겁게 거기서 끝이 났습니다.

"자. 우리 다 같이 서로 아침 인사하고 오늘 공부 시작합시다.

두 아이의 싸움이 끝나자마자 선생님이 교탁 있는 곳으로 가서 섰습니다.

1학년 교실은 아무런 일이 없었던 것처럼 첫째 시간 공부가 시작되었습니다.

어제도 그랬고 내일도 그럴 겁니다.